별이 된

· 돌 이야기

별이 된

·돌 이야기

나의 별이 내 곁에서
항상 자기 목숨처럼
내 손을 놓지 않는다.

남병훈 지음

바른북스

목차

만남의
기쁨

릴리라는 이름의 소녀

뭉크의 사춘기 소녀
그대 이름은 릴리
백합꽃 여인

몸과 맘이 모두 성숙한
그러나 사랑 앞에서
여전히 볼이 붉어지는
순정의 사춘기 소녀

사랑과 우정 사이에서
정숙과 열정 사이에서
토끼처럼 달아나는
영락없는 사춘기 소녀

흰 꽃에 붉은 노을

잠시 머물듯

발그레한 복숭아 볼

애써 감추는

나의 누이, 나의 신부

수술에 꽃가루 살짝 닿듯

그 입술에 다가가면

깜짝 놀라 눈 감는

백합꽃 소녀

비밀의 연못

야무지게 에두른 담장 너머에
비밀의 연못 하나
고요히 놓여 있네

수백 년 세월 속에
메마른 날 없었고
하루도 꼼꼼히
단장을 거를 날 없었지만

하얀 백합꽃
만발한 정원 속
연꽃과 작은 물고기 떼
노니는 연못에는

비바람 거세던 밤의

동요 외에는

아무런 인적도 가까이

다가가 본 적 없는데

어느 날 갑작스레

뛰어든 나체의 사내

깨끗하고 평화로운

거울 같은 연못 속에

발을 냉큼 집어넣고

나르시스의 마법 같은

연못의 위력에 사로잡혀

못 거울에 비친 제 모습 보고

텀벙, 안으로 들어가다

그 속에 아리따운 이성의 제 모습이

떨림과 환희 가운데

저를 반기네

백합의 향기인지

성녀의 백합인지

사내를 사로잡은

그대는 누구인가

에덴동산 같고

무릉도원 풍경 같은

원시의 청정 속에서

사내가 이성을 발견함은

어쩐 연고인가

저들은 연못에서

사랑을 나누었고

물고기와 한참을 노닐다가

또 사랑을 나누고

달빛을 바라보고 취해

함께 몸을 뒹굴고

햇살에 눈 비비다 말고

서로의 가슴에 얼굴을 묻다

정원의 담을 넘다

가시 찔린 상처를

여인이 모두 핥아주었고

세파 속에 잡힌 주름 자리

손으로 매만져 모두 펴주다

서서히 드러난

여인의 살결은

백합보다 하얗고

솜보다 부드러워

거짓, 미움, 원망, 질투에

찢긴 마음이 큰 위로를 받다

사내가 어찌 또다시 억센 담을 넘으랴

모든 것 다 잃어도

이곳만은 잊지 않으리

태곳적 사랑과 신뢰의 일치가 있는 곳

이 백합꽃 연못에서……

미지의 세계

불행인지 다행인지
폭풍우 거세게 몰아치던 어느 날 밤
시커먼 바다 한가운데 있던 배가 타이타닉호처럼 위태롭다
급기야 갑판에서 자연의 경이를 집요하게 목도하던 한 사내를
바다 한복판으로 내동댕이쳐 버렸다

꿈인지 생신지
한동안 허우적대다 지친 몸뚱이는
서서히 바닥으로 가라앉고 말았다
잠시 혼미했다가 눈 뜬 사내는
무언가 찬란한 빛줄기가 마음속을 스쳐 간 것을 감지하고
과감히 입을 열어 물의 난입을 허용했다

희한하고 또 정말 놀랍게도

그는 마치 인어처럼 숨을 쉴 수 있게 되었다

물속에 녹아 있던 산소가 서서히 몸 안에 스며들었다

아직도 천천히 내려가는데

멀리서 희미한 빛이 새어 나오는 듯 보인다

점점 다가갈수록 색은 더 강렬해지고 화려한 빛을 띠고 있다

어디선가 들려오는 음악 소리는

바흐와 파헬벨의 변주를 연상케 한다

두 명 혹은 두 마리의 인어가 다가오는데

머리는 물고기고 다리는 사람이다

헤엄쳐 오는지 걸어오는지 분간이 안 된다

사내가 물고기가 된 건지 물고기가 사내가 된 건지 알 수 없다

이해할 수 없지만 부드럽고 다정한 소리로

인사를 하고 자기들을 따라오란다

수초와 각종 물고기 떼와 산호들을 지나

이른 곳은 수정구슬 같은 일종의 왕국이랄까

문 같아 보이는 입구에 잠시 멈추어 섰다 들어가니 완전히 별천지다

이곳에서는 자유롭게 걸을 수도 있고 육지처럼 숨 쉴 수도 있다

저들의 언어를 익혀서 인사를 나누기까지는 한 달 정도 걸렸다

그들에게는 글이 없고 말만 있으며

눈과 눈, 마음과 마음을 마주 대하는 대화만 있다

그들의 모습에 익숙지 않았으나 차츰 얼굴의 표정을 읽을 수 있게

되었다

나라 없이 국민만 있고

부부 없이 사랑만 있고

법 없이 예절이 있고

상대를 배려하는 사랑이 존재한다

이들은 자연의 어머니로부터 양식을 취하고

욕심 없이 하루의 모든 혜택을 즐긴다

바다 위 하늘의 태양은 육지보다 오히려 가까운 듯하고

초목과 동물도 제각각 가꾸거나 기르기 나름이다

아틀란티스, 유토피아, 태양의 나라와도 유사하지만

완전히 새로운 미지의 세계다

이들도 사랑을 먹고 사랑을 나누며 산다

친절하기에 누구에게나 마음을 열고 가까이 다가갈 수 있다

처음에는 서먹했지만 차츰 바뀌어 가는 외모와 더불어

사내는 한 여인과 사랑에 푹 빠졌다

물고기의 사랑인지 인간의 사랑인지 알 수 없지만

여인은 여태껏 아무도 괴롭게 한 적이 없고

그 감성적인 재능으로 보는 이로 하여금 항상 기쁨만을 얻게 해

주었다

이곳에서는 한순간에 한 사람만 사랑할 수 있기에

사내는 이곳에 사는 동안 이 여인과 완전히 하나가 되었다

하나라는 것은,

몸과 마음뿐 아니라 행동과 취미조차 일치하고

하루 종일 사랑하고노 삼시 돌아설 때면 허전하고 그리워지는 일

치감을 느낀다

멀리서 눈에 안 보일 때도 텔레파시로 대화가 가능할 정도다

한 번 주고 빼앗지 않으며

비교하지 않고 온전히 내어주는 사랑으로

이 둘은 왕국이 제공하는 평화와 보호 속에서 완전한 사랑을 나

누었다

아, 그런데 이 사랑도 영원할 수는 없었던 걸까

사랑의 시간이 마감되었다는 운명 같은 소리를 들은 후부터

사내의 마음속에는 깊은 슬픔이 깃들었다

마침내 끝은 오고야 말았다

그때까지 사랑을 나누던 여인과 기약 없는 작별을 고하고

다시 두 명의 인어를 따라 긴 여행 끝에 뭍으로 오르게 되었다

너무나 낯설고 위험하고 불완전한 이곳으로 다시 돌아왔다

그래서 그는 한동안 바보가 되었다

그리고 정상(?)을 회복한 후에도 죽을 때까지

너무나 평범하고 무미건조한 일상에 파묻혀 살았다

마지막 죽음의 순간에 그의 기억 속에 떠오른 것은

오직 단 한 번의 진실한 사랑을 나누었던 그 순간들

그리고 영원히 잊을 수 없는 그 미지의 여인

나에게 말을 걸다

별에게 말을 걸었더니 사랑스런 애인이 다가왔고
달에게 말을 거니 떡방아 찧는 토끼가 나타난다

나무에 앉은 새에게 물어보니 이모님 소식 알려오고
바다거북에게선 증조할아버지 얘기를 듣는다

돌은 돌에게 말하고
강물은 바다와 속삭인다

그리고 마침내
내게 조심스럽게 말을 걸어보았더니 하늘님이 응답한다

별 하나 나 하나

별 하나
가슴 속 깊이 들어와
환희와 행복을 맛보게 하고

그 별 하나
세상에 둘도 없이
애지중지하는데

밤마다 구름 걷히고
가로막는 나무나 집도 없이
밝게 빛나기만을 바라는데

오직 그 별만이
한없이 반짝거려
사랑스럽기 그지없어

나의 영원한 이상

나만의 애인

친절한 반려자로 남았으면

그래서 내게서 떠나지 말고

내 얘기 귀담아 들어주고

내 상처 난 마음도 품어주었으면

진짜 그렇게 되기만을

그래서 아낌없이 사랑하고

또 사랑할 수 있기를

아테네 여신

어디에서 왔던가. 나 자신을 찾기 위해 그렇게도 애타게 헤매고 있을 때, 바람처럼 스쳐 와 나의 호수에 파문을 일으킨 너는. 자연의 바람에 부드럽게 나부끼게 한 금발 머리는 고대의 신화가 아니며, 균형 잡힌 육체의 부드러운 곡선은 정욕의 화신이 아닐진대 이 또 다른 나의 그림자는 나를 덮치며 나와 더불어 하나이기를 애원하는데 스스로 총명한 지혜임을 자처하네.

한 소리가 내 속에서 너를 부르며 내 두 팔을 좌우로 벌려 너를 부여안으려 안달하는데 너는 은근한 미소로 응답하네. 솔직히 나는 네 머리카락의 아름다움에 반했다. 그 고색창연함은 너의 순진함이요, 그 부드러움은 네 포용력이며, 금빛이 햇살에 반짝임이 내게는 유혹이 되어 오른손을 내밀어 닿게 한다.

너는 환상일까 실제일까? 네 목소리는 나와 더불어 응답하며 육체는 한 자리에 누웠건만 내가 걸을 때 너는 그림자의 모습으로 나와 연결하려 한다. 나는 항상 너를 보는데 너는 아주 가끔 내 시선과 마주친다. 무엇을 두려워하는가? 순진한 겸손처럼 시선을 피할 때마다 내 마음은 확 불타오른다. 네 마음을 어디에 감추고 있는가? 저 맑고 푸른 하늘 어느 곳인가? 끝없고 깊은 바다, 내 손이 미치지 못하는 어느 곳인가? 그것도 아니라면 내 마음 한구석에 감추어 있단 말인가?

너는 때론 시들어 떨어져 날아내리는 낙엽 속에 있으려 하고, 창가에 부딪히는 빗방울 속에 있으며, 고요한 깊은 밤의 적막 속에 몸을 감추려 하나, 사실은 내 심장의 한가운데 들어와 있기를 더욱 사모하는 것 같다.

거짓말이 아냐

거짓말이 아냐

화장보다 민낯이 예쁘단 말
빨간 루주보다 분홍 입술이 매혹적인걸

미안해

봄 산에 진달래꽃 어루만지려고
허리 숙일 때 탐스러운 네 엉덩이를 훔쳐본 일

화려한 치장보다 나신이 아름다운 건
내 눈이 잘못된 게 아니라 조물주의 탓

정말 거짓말이 아냐

주름진 허리조차 옷 주름보다 멋지고

불룩한 배도 패딩보다 나은걸

뽀얀 분 내음보다 살 향기에 취하고

쓴 맛 나는 화장품보다 때 묻은 살이 더 맛있는걸

난 거짓말 못 해

수말이 암내에 날뛰듯

털 사이 감춘 부드러움이 날 미치게 해

죄짓기 전 아담과 이브

그게 바로 우리야

거짓말이 아냐

그대만 앞에 있으면

세파에 꺾인 자존심과
힘 앞에 고꾸라진 수치심은 모두 물러가라

그대만 내 앞에 있다면

신윤복의 춘화도는 내팽개치고
야동과 야설도 버려라

그대만 내 앞에 있다면

세월에 무너진 거대한 야망도
현인들 앞에 굴복한 질긴 욕망도 저리 가라

그대와 하나가 될 수만 있다면
그래서 온 세상을 그대와 맞바꿀 수 있다면

그대와 단둘이 사는 오늘이

지나온 허망한 날들보다 귀하고

이 순간의 달콤한 행복이

영생의 복락보다 만족스러워

미련도 욕심도 버리고

더러운 욕망을 그대와의 사랑으로 가득 채워

혼자만이 아닌 둘의 세상으로 가꾸어

독백이 아닌 대화의 화음으로 만들어

그대만 내 앞에 오래 같이 있어 준다면

쌍둥이

우리는 함께 자랐지

한 배에서 회색으로 나왔지

그땐 그랬지

늦게 나도 아들이 우선이고

딸은 얼굴만 고우면 된다고

귀염만 주고 밥만 잘 먹이면 된다던 부모는

그래서 너무도 평범한 회색이었지

맏이 나는 공부도 일등, 뜀박질도 일등

무엇에나 최선을 다했지

딱히 다른 일도 없는 시골에서

말만 동생인 둘째도 똑같이 따라 했지

공부도 이등, 운동도 이등

딱히 오락거리가 없는 촌에서

나는 점차 흰색으로 변해갔지

얌전한 범생이, 말 잘 듣는 효녀로

동생은 검은색이 되려 했어

깍쟁이에 망나니 연애꾼으로

속은 같으나 겉만 달랐지

범생이는 부모 말 잘 들어 시집갔고

깍쟁이는 연애 잘해서 가정을 꾸렸지

그래서 모두 다시 회색으로 변해갔어

그러던 어느 날 사건이 터진 거야

내 앞에 백마 탄 왕자가 나타난 거야

내 인생, 가치관 모든 게 바뀌었지

그때부터 회색을 저주하고 흰색마저 거부했지

그러자 까만 깃털이 나기 시작했어

동생은 까만색을 신랄하게 저주했지

내 까만 깃이 동생의 눈을 찔렀거든

자식과 남편에겐 미안하지만

나는 운명에 도전해 보기로 했어

그러자 까만 털이 마구 자라나더군

동생은 점점 흰둥이로 변해갔어

엄마랑 날 위해 열심히 기도했어

난 기도마저 저주하고 관습을 타파했어

감정보다 이성을, 맹종보다 자유를 택했어

어느덧 나는 까마귀가 되고 동생은 백로가 됐지

그래도 밋밋한 흰색보다 개성이 강한 검은색이 좋았어

나는 자유를 찾았고 동생은 안정을 얻었어

속은 같으나 겉만 달랐지

그러니까 쌍둥이지

처음부터 지금까지 쭉 그랬던 거야

나이 어리신 분

나 꿈꾸던 것 이루고 보니
어릴 적 항상 그려오던 것

세상 미혹에 이끌려 다니다
돌아와 보니 어릴 적 알던 게 전부

어린이의 꿈은 어른의 면류관
어린이는 어른의 스승

재미나고 기이한 것 체험해 보니
어린 시절 펼친 상상만도 못한 것

나이는 어리지만 소중한 분
어른의 능력 모두 품은 이
어린이는 어른의 아버지

시간은 거꾸로 흘러

어릴 적 가능성 점차 사라져

커다란 꿈 서서히 시들고

환희와 열정은 타성에 젖어

다시 어린이 될 수만 있다면

유치원에서 배운 것 기억한다면

더 성숙한 세상 이룰 텐데

욕심의 한계치 낮출 텐데

어리신 분에게 배워

순수한 역동을 느끼고

교만함을 버려

천진난만해질 수만 있다면

좀 더 살맛 날 텐데

서산의 보름달

살아생전 아쉬움이 많으셨지요
부모에 대한 애증은 평생의 회한으로 남았지요
끝없는 아쉬움에도 그만한 게 다행이었지요

그 무게 줄이려고 하나밖에 없는 아들에게
정성 다해 관심과 애정을 보이셨지요
자식이야 그걸 다 헤아릴 수 없지만요
제 자식 다 컸을 때 깨닫는다면 그나마 다행이지요

굴곡 없는 인생이 어디 있겠어요?
사십 때까지 이루신 것 다 팽개치시고
사랑을 발견하셨고 진실을 고집하셨지요
그동안 일구신 학문의 결실인가요?

늙을수록 젊어 가신 모습이 행복해 보였어요

성공의 길은 아니었지만 진실에 가까웠지요

더 값진 게 뭔지 조금은 알 것 같네요

연명 치료를 거부하셨을 때 눈에서 빛을 보았지요

그 후로 마음은 훨씬 편해 보이셨어요

죽음을 자연의 뜻에 맡기시겠단 의지를 힘겹게 받아들였어요

후회 없다는 말씀은 저의 심금을 울렸지요

어떻게 살아야 그런 말을 할 수 있을까요?

제 인생 최후의 과제가 될 거예요

정성스럽게 모아주신 사진을 가끔 보게 돼요

제 어릴 적 동영상에 추억이 깊이 어려 있네요

남기신 소중한 글에서 아빠의 마음을 조금은 읽을 수 있을 것 같아요

새벽녘 서산에 보름달이 지네요

그런데 지는 달이 어쩌면 저리도 아름답지요?

발그레한 둥근 얼굴에 미소가 가득하네요

동창회

이천 년 전 어느 다락방을 추억하며
열세 명의 동기가 한 상에 둘러앉아
막걸리를 잔에 붓고 파전을 떼며
성만찬을 나눈다

이십오 년 고갯길을 넘어오느라
느슨해진 얼굴과 불룩해진 뱃살을
굳이 감추려다
그냥 웃고 만다

각기 제 갈 길로 갔건만
한 바퀴 돌아와 마주하니
지난 세월에 감추어진
옛 모습이 훤히 드러난다

어색한 수다로

담배 연기 뿜어대며

서로 이름을 부르다가

고교 시절 그 이름의 모습들을 떠올린다

밤샘하며 성탄 카드 만들고

사성부에 맞춰 할렐루야 부르며

마음속 작은 불꽃 모아 훨훨 태우던

그 아련한 시절……

아직 시들지 않은

불꽃 씨앗 품고서

기도를 대신하여 목청 돋우어

흘러간 노래를 부른다

배신의 회한 속에 가슴 치던 베드로

이젠 봐도 못 믿겠다는 의심 많은 도마

예수 버리고 다 도망친 제자들이

모두 여기 모였는데

아, 글쎄

그 작은 불씨가

희한하게 가슴 속에서

점점 뜨거워지더라

어느 사십 대의 일기

눈이 절로 떠지는 것

그건 나의 잘못도 책임도 아냐

그저 감사할 일

햇살은 얼굴을 때리고 밥솥의 노랫소리 울리네

오늘 하루 더 살아야 하는 자연스런 나의 운명

밤새 쌓인 물 빼내고

신문을 집어 드는 것이 유일한 운동

사십 년째 계속 들어온 통일 소식은 여느 때와 다름없고

사람들은 돈, 돈, 돈에 미쳐 있어

파당 싸움은 어제오늘 얘기 아냐

권력자의 수억 대 횡령과 사기

해도 되고 안 해도 그만인 논설과 평론들

오락 프로만이 나의 유일한 휴식처

마음이 무뎌진 걸까?

드라마는 사람 사는 얘기

영화는 과장된 스토리

다큐멘터리는 책으로 읽다 만 화보

눈에 보이지 않는 미생물, 우주의 끝없는 신비

내가 먹고사는 일과는 아무 상관 없는 것들

부지런히 아침 챙겨 먹고 나서는 아이

그 등에 매달린 무거운 가방 응시하다 어린 시절 떠올리네

그때와 지금이 하나도 다를 게 없다는 것

그것은 하나의 아이러니

그때보다 일이 년 정도 더 일찍 구구단 외우고

총천연색 고급 재질에 화보 가득 담긴 교과서와 참고서

과연 얼마나 더 행복할까?

군대 시절 논산 훈련 마치고 미군 훈련소로 이동할 때

지옥에서 천국으로 옮겼다고 느꼈을 때

따뜻한 샤워 물, 푹신한 침대, 고급 스테이크

아마 우리 부모의 초등학교 시절과 비교해도 그 정도는 될걸

그래도 달라지지 않은 것은 입시지옥

'가훈' 적어오라 했을 때

착하게, 지혜롭게, 건강하게, 라고 써주었지

건강하게 살고 하루 세끼 잘 먹을 수 있다면 그게 행복 아닌가

치열한 경쟁사회 속에 지난 시절 배운 건 얼마나 활용했나

차라리 공부 다 때려치우고 돈 버는 재주나 익혀둘걸

다람쥐 쳇바퀴 돌듯 출퇴근 일과는 학교 수업보다 더 비정해

비린내 풍기는 에어컨 바람 쐬며 좁은 공간에 갇혀 컴퓨터와 씨름

하는 실험실 속 쥐

눈치 보며 사무실을 나서서 정해진 시각에 전철에 올라타지만

문명의 이기는 내게 소음만 안겨줄 뿐

클래식 음악에 취하고 베르디 오페라에 눈물짓는 내 감수성

뒷사람과 등 마주 대고 휴대폰을 뚫어지게 들여다보네

십 년 전 눈병을 앓아 충혈이 자주 생기는데 액정 디스플레이로

바꾼 것은 그나마 다행이지

전태일이 고발한 근로환경보다는 조금 나아졌지만

해 다 넘어간 후 퇴근길은 현기증 나고 구토가 올라와

최소한 한두 시간 휴식과 TV 시청이 필수가 되었네

드라마에 푹 빠져 희극적 비극을 느끼는 쾌락

바보상자 앞에 앉은 바보들의 행진

불 켜진 아파트 거실마다 같은 프로를 보고 있는 바보들의 무력감

먹고, 자고, 배설하고, 일하고

가끔 여행 다녀오고

또 먹고, 자고, 배설하고

좋은 글 읽으며 위대한 사상과 사귀는 기쁨이 그나마 유일한 낙

부부의 사랑으로 낳은 창조물만이 소중한 기쁨

내일을 위해 안식을 주신 신께 감사하며

피로해진 몸을 눕히고 하루를 마감하려 하네

내일은 오늘과 조금은 다를 것을 기대하며

인생은 라 폴리아처럼

내 인생은 코렐리의 라 폴리아

쳄발로와 바로크의 현을 타고

강하고 여리게

민첩하고 둔하게

극적인 클라이맥스도 암울한 절망도 없이

미친 듯하나 건실하게

성급한 개울처럼

그리고

잔잔한 시내같이

종달새의 환상적 화려함도

세레나데의 감미로움도 없이

지루하지 않게

날마다 새로운 반복

카논의 변주

두 대를 위한 바이올린 협주

거기까진

도달하지 못해도

내 인생은 라 폴리아

바로크 선율 따라

지나침 없이

예민하게

물 같이 흐르네

발자국

나
그대
뒤따라
걷노라면

믿음직하고
우아한 자태
내 마음 이끌어

넓은 어깨 기대어
모래 해변 발자취 따라
어디든 끝까지 가고파

얼른 달려가 손잡아

돌아 세워 껴안고

뜨거운 입맞춤

손깍지 끼고

종종 걷다

또 키스

저 멀리

붉은 노을

눈부시듯 보고

순찰하는 갈매기

부산함에 움칫하다

그대와 눈 맞춰 웃고

뒤돌아 발자국 보다가

나란한 어울림에 미소 짓고

한없이 이어지기 바라며

두 발자국 언제 하나로

겹쳐질 날 있을 텐데

서로 등 의지하여

업어주는 그 날

눈물 닦아주는

힘없는 그때

더욱 기대어

고마워서

말없이

감사

해

어느 이별자의 진실

사랑을 얕보지 마십시오

사랑은 나의 모든 겁니다

사랑을 경멸하지 마십시오

사랑은 나의 인격입니다

당신이 사랑을 무시하는 것은

나의 성의를 저버리는 겁니다

그러나

사랑은 쉽게 포기하지 않습니다

사랑받는 자는 사랑하기를 중단할 수 있어도

사랑하는 자는 끝까지 사랑합니다

왜냐하면, 그는 곧 사랑이기 때문입니다

만약에

당신이 사랑을 포기한다면

이는 곧 온전히 사랑하지 못했음을 의미합니다

그러므로

사랑하기 위해서는

비판하지 말고

편견을 버리십시오

당신을 사랑하는 동안

나는 비판할 능력을 기꺼이

상실했습니다

만약에

당신에 대해 편견을 가지고

당신을 비판한다면

나는 이미 사랑의 일부를

잃어버린 겁니다

당신이 사랑을 받았다면

그것은 당신이 진실로

사랑받을 만했다는 것을

의미합니다

사랑은 의지요

사랑은 약속입니다

나는 당신을 사랑하길 원했고

나의 사랑은 배반 없이

지속될 수 있는 것이었습니다

왜냐하면, 이것이야말로

진실한 사랑의 특징이기 때문입니다

사랑하는 자가 사랑을 중단할 수는 없어도

사랑받는 자는 사랑을 포기할 수 있습니다

사랑받는 자가 사랑을 충분히 누리고

사랑을 의욕하며

사랑 안에 그 어떠한 배신의 요소도

더 이상 남아 있지 않음을 깨달을 때

그는 곧 사랑하는 자와 동일함을

알게 됩니다

사랑의 완성이란

두려움 없이 의욕하고

과감히 극복하는 겁니다

모험은 사랑의

또 다른 특징입니다

그러나 사랑의 모험은

허무한 결과를 두려워함이 아니라

무엇인가 좋은 것으로 채워질 것을

기대함을 의미합니다

사랑하는 자는 미래를

두려워하지 않습니다

시련을 극복하지 못할 사랑은

진정한 사랑이 아니기 때문입니다

오늘이 즐겁고

이 순간이 황홀한 것은

사랑에 자유를 부여하고

표현에 어떠한 제한도

가하지 않으려는 노력 때문입니다

왜냐하면, 사랑에는

그만한 가치가 있기 때문입니다

사랑의 종말은

가슴 아픈 비극일 수도

기쁨 벅찬 희극일 수도

있습니다

그러나

사랑하는 자는

여전히 사랑을 지속합니다

왜냐하면

그는 진정한 사랑을

하고 있기 때문입니다

그러므로

사랑을 얕보지 마십시오

사랑은 나의 모든 겁니다

사랑을 경멸하지 마십시오

사랑은 곧 나의 인격입니다

사랑을 포기하기는 쉬워도

사랑을 지속하기는 어렵습니다

비록 그러할지라도

사랑하는 자는 사랑함으로써만

살아갈 수 있다는 것을

부디,

잊지 말아주세요

아가(雅歌)

나의 사랑하는 그대여, 너는 어여쁘고 어여쁘다. 네 눈은 비둘기 같고, 네 머리털은 윤기 나는 검은 말총과 같고, 네 입술은 터질 듯이 무르익은 감과 같고, 네 뺨은 석류 한쪽 같으며, 네 두 유방은 암사슴의 쌍태 새끼 같구나.

천인(千人) 중에서 하나를 찾기가 어렵다고 하는 데 그대가 바로 그 하나인 것을 나는 발견했다. 우정과 사랑 사이 그 어디에 우리가 서 있는 걸까? 그대는 마치 바닷가 해변의 모래더미 속에서 발견한 한 알의 진주, 밭에 감춘 보화, 잃었다가 다시 찾은 한 개의 드라크마와도 같아. 그 고귀함을 간직한 채 마음속 깊이 감춘 아름다움을 잠깐씩 내비치는 그 순간마다 나의 가슴은 환희로 가득 차 울렁거리네.

나의 어여쁜 자여, 그대는 '게달의 장막' 같은 아름다움으로 고이 싸여 있다. 은은한 미소 가운데 고귀함과 겸손으로 가득 찬 얼굴의 환한 빛이 나의 마음을 언제나 밝혀주네.

가시나무 가운데 백합화여, 삭막하고 험악한 광야 길에서 만난 신선한 오아시스여, 그대의 샘에서 갈증 난 목을 축이고 오늘도 한 줄기 희망의 빛 속에서 살아가려네.

나는 창살 틈 작은 구멍으로 그대의 밀실을 들여다본다. 과장되지 않은 아름다움 속에 진실과 사랑이 깃들어 있구나. 감춘 듯하면서 감추지 않은 그대의 상냥한 교태(嬌態)가 나의 가슴을 애태우네. 보일 듯하면서 보이지 않는 아름다움의 곡선이 비밀스럽게 드러난다.

사랑은 죽음같이 강하고 투기는 음부같이 잔혹하며 불같이 일어나는데, 욕정의 불길이 나의 전신을 휘감을 때, 오, 나는 어떻게 이 뜨거운 열기를 피해갈 수 있을까?

파우스트의 사랑은 지적인 건가 육체적인 건가? 과연 무엇을 더 지향하는 건가? 이 둘을 조화시켜 최대의 욕망을 채우려는 것인가? 이성과 육체의 갈등이 여기에서 서로 충돌하네.

그대는 뭇 남성들이 곁에 두고 싶어 하는 여인. 피곤할 때 기댈 수 있고, 유치해질 때 어리광부릴 수 있으며, 진실해지고 싶을 때 마음을 토로할 수 있고, 경건해지고 싶을 때 함께 기도할 수 있는 바로 그런.

가까이, 더 가까이 한 걸음 더 다가가고픈 그대여, 제발 두려워하지 말아다오. 겁내지 말아다오. 뒷걸음질 치지 말아다오. 결코 어떤 상처도 안겨주지 않겠어. 단지 소중한 그대를 더 아름답게 나의 마음과 몸으로 어루만져 주고 치장해 주고 싶어. 그래서 그 아름다움이 더 빛날 수만 있다면!

사랑의 미완성

한낮의 소나기를 맞으며
난 왜 새벽이슬만 먹어야 하나

절벽 위의 우람한 폭포수를 보면서
난 왜 얕은 개울물에만 발을 적셔야 하나

미칠 듯한 사랑의 열정을 느끼면서도
난 왜 키스의 한순간을 위해 애타야 하는가

사랑할 때의 그 모든 용기는 어디로 가고
현실의 얄팍한 집착에 사로잡혀 꼼짝 못 하는가

황금보다 귀한 사랑의 시간을
구태의연한 일상과 맞바꿀 용기는 없는가

눈가의 주름이 더 잡히기 전에

사랑의 젊음을 느껴보지 않으려는가

사랑 앞엔 두려움이 없고

온전한 사랑이 두려움을 내쫓는다는 진리를

굳이 외면한 채 우리는 오늘도 늙어만 가는가

과연, 난 온몸을 바쳐 사랑했노라,

고백하며 생을 마감할 기쁨을 놓치려는가

오늘도 예외 없이 기울어가는 태양빛 아래서

나의 사랑도 식어가야 하는가

달 토끼

너를 만난 뒤엔
네가 더욱 그립다

쓸쓸히 걷다
하늘을 본다

도시의 밤하늘에
외로이 떠 있는 보름달

네 이름을 외쳐 보다가
깜짝 놀라 눈을 비빈다

토끼가 방아 찧는
또렷한 윤곽이 보인다

달 분화구에 네 얼굴이

정겨운 모습으로 다가온다

갑자기 소원을 빈다

어릴 적 산타를 믿은 순수한 맘으로

너도 달 토끼를 볼 수 있다면

멀리서도 서로 볼 수 있다면

우리 님

목마른 사슴의
물이 되고
젖과 꿀마저 다 쏟아준
순정의 연리지여

청아함 뿌려주고
열정마저 분출하여
가슴 아리게 한
불의 여신이여

단아한 얼굴
매화처럼 화사하고
살구 익은 입술
배처럼 달았어라

진달래꽃 입 맞출 때

탱탱해진 볼기 훔쳐보고

얼굴에 홍조 가득 피었어라

밤새 눈물 가시지 않고

운우의 정 식을 줄 모르는데

고락의 줄 위에서 날개 춤추었어라

그대 눈물샘은 어디이며

환희의 접점은 어디인가

그대 고뇌에 가슴 옥죄고

홍소는 내 마음의 폭포수 되었어라

어느덧 나의 분신 되어

희로애락 공감하고

쪼개진 청동거울처럼

이 맞추니 하나 되었어라

질긴 우정 머금고

깊이 흐르는 청명한 샘

끝없이 솟아올라

사랑의 순간 영원이 되어라

나의 그린비

살 내음 향긋한
그린비

콘트라베이스 저음의
그린비

아,
숨소리마저 정겨운
나의 그린비여

달보드레한 입술
너른 품에 안기고파
심장이 콩닥콩닥

살가운 마음씨

다정한 솜씨

달콤한 말씨

네 목소리가 들려

내 몸이 기억해

네 부드러운 손길

속 깊은 만년 소년

철부지 몸짓에

미소가 절로 나

오,

그리고 그리던

나만의 그린비여

* 그린비 – 그리운 남자(순우리말)
* 달보드레하다 – 약간 달큼하다(순우리말)

사랑의 비상(飛上)

새가 난다

높이 난다

기약 없는 목적지를 향해

힘차게 쉼 없이

날갯짓하는 까닭은

어느 순간 추락할지 모르는

불안감 때문이리라

바람도 부딪고

햇빛도 눈 부시고

때로는 빗줄기가 뺨을 세게 내리치며

앞길을 방해한다

저 아래 개미떼 군상은

도대체 무엇인가

저들은 흙을 먹고 사는가

이 높은 하늘의 자유와 바람을

저들은 아는가 모르는가

구름 위의 태양을 보았는가

히말라야의 눈을 내려다보았는가

천지(天池)의 물에 발끝을 스쳐보았는가

이 성스런 비행에서

현실로 낙오한 자들이여

다시 비상하라

사랑과 꿈을 이루기 위해

날갯짓을 멈추지 마라

발이 땅에 닿기 전에

어서 박차고 다시 비상하라

힘들고 지쳐도 포기하지 마라

사랑은 고귀하고 아름다우니

사랑하기를 쉬어서는 안 되느니

사랑하다 멈춘 신은 이미 영원히 타락하였고

진정한 신들의 후예만이 여전히 사랑하기를 배우나니

동물도, 나무도, 그리고 명예마저 사랑하지만

나의 여인과의 사랑만큼 뜨거운 것은 없나니

사랑과 외설

새는 공중에서 희롱하고

짐승은 땅에서 거친 숨을 내쉬며

비는 대지를 적시고 구름은 산을 휘감지 않는가

벌거벗음을 부끄러워 마라

모든 생물이 순수함을 드러내는데

자연이 언제 추해 보인 적이 있던가

사랑은 열정으로 아름다운 것

남녀의 결합은 성스럽고

자웅의 합체는 거룩하다

감추는 데서 죄가 나오고

부끄러운 데서 음모가 생긴다

나의 유토피아는 나신을 드러내고 활보하는 곳

음흉한 눈길은 애정으로 바뀌고

은밀한 범죄는 사랑의 고백이 되니

숨어 기다리지 말고 당당히 표현하라

남녀의 거시기는

더 이상 비어가 될 수 없고

음담패설이 정치 은어보다 훨씬 순결하니

태초의 아담과 이브는 죄를 몰랐어라

사랑이 외설이 되고

추행이 사랑의 가면을 쓰니

아래가 위가 되고 더러운 물이 역류하여

온 길바닥이 더러워져 발에 잠겼어라

누가 외설을 시비하는가

전심으로 뜨겁게 사랑한 적도 없는 이가

누가 사랑의 결합을 속되다고 말하는가

매일 오물 속에 뒹굴며 사는 이가

돌에 비늘이 긁히고 나뭇가지에 살점이 떨어져 나가도

기어코 회귀하여 암컷에 목숨을 쏟아붓는 연어처럼

옷 벗고 몸 섞어 사랑한 죄가 어마무지 크단 말인가

흰 것을 검다 하고 검은 것을 희다 하는 이 세상에서

사랑의 환희

그대의 몸속에 녹아들 때
엄마 품이 파도처럼 밀려와 닿았습니다

태곳적 자궁 바닷속으로
깊숙이 가라앉고 말았습니다

그대가 전율하며 눈물 흘릴 때
나도 기뻐서 함께 울었습니다

수레 한 바퀴 돌아 엄마 품에 다시 안겨
내 사랑하는 여자를 보았습니다

피와 젖과 눈물을 먹인 그 사랑의 품으로
운명처럼 다시 돌아왔습니다

아, 나의 어머니, 나의 애인,

내 살붙이, 내 사랑이여!

옷을 벗으리

내가 시인을 만나면
수줍게 옷을 벗으리
시를 써주세요

내가 화가를 만나면
수줍게 옷을 벗으리
그림을 그려주세요

내가 음악가를 만나면
수줍게 옷을 벗으리
노래를 만들어 주세요

내가 네게서 나를 만날 수만 있다면

그대 목소리

홀로 산길 걷다
문득 들려오는
낯익은 소리

꾀꼬리 소리
까마귀 소리
알지만
낯선 새소리
그대 목소리

빗소리
천둥소리
아닌
솔바람 소리
그대 목소리

보이지 않으나

가까이 다가와

내 마음 울리고 가는

애틋한 소리

보고 싶어도

지금은 볼 수 없는

사랑의 목소리

겨울 바다

시커먼 미역
재활용으로 게워내는
파고 높은 바닷가

살을 에는 바람에
목메는
정월 중순

갈매기마저 낯설다고
한 발 먼저 물러서는
서해 바다

연인의 따스한 손길 있어
태양이 더욱 눈부신
추억의 겨울 바다

변명

고마웠어

미안해

더 이상 붙잡지 않을게

너를 놓아주고 싶었어

좋았어

정말이야, 사랑했어

그저 관심이 변했을 뿐

널 버리는 게 아니야

그동안

행복했어

진심이야

너만 한 여자도 없을 거야

외모며 마음씨며……

그래도

널 보내줄 게

내가 원해서가 아니야

너의 자유를 위해서

더 이상

내게 매일 필요가 없을 거야

정말이야

지금도 사랑해

다만

공평한 자유를

네게 주려는 것뿐이야

다시 만나도

친구처럼

그렇게 부담 없이

솔직히

말해서

널 놓치긴 아까워

그래도

놔줄 거야

널 위한 거야

이제

그만 집착해도 돼

넌 자유야

그걸

원치 않아?

그래도 보내줄게

다시

시작하고 싶어

진짜로

고마워

그리고

미안해

삶의

고뇌

무념 1

걷는다
따박따박
부지런히
걷는다

본다
앞을
뚜렷이
주시한다

듣는다
새 소리를
까치다
비둘기다
까마귀다

먹는다

또

먹는다

입는다

또

벗는다

인사한다

누구지?

서 있다

또

앉아 있다

분노가 끓어오른다

조금 뒤

가라앉는다

하루가

지나간다

무넘 2

산에 걸린
구름 뚫고

산에 올라
구름 보니

맑은 세상
흰 바다
개벽천지
무릉도원

구름 아래
물 천지요
구름 위
금빛 햇살

새 소리

꽃 잔치

푸른 잔디

청록 짐승

아래 세상

잠시 잊고

신명 나게

니나노

한 지붕

두 세상

뜬구름

인생

빈 마음

억울하고 답답해서
결핍하고 가난해서
더 채우고 싶은 마음

무념무상
버릴 건 버리자

죽으면 비워질 텐데
비우지 못하는
억울한 마음

공수래공수거
비우고 가자

짐승도 아닌 것이

신도 아닌 것이

모순으로 가득 찬 인간

비우고 싶으나 비울 수 없어

채우고 싶어도 다 못 채워

그래서 행복할 수 없는 사람

그러나 행복을 바라는 사람

잡초 인생

한 주 만에

잡초가 팔뚝만치

무성하게 자랐다

씨도 안 뿌리고 거름도 안 주고

정성을 들이지도 않았건만

하루 만에

먼지도 쌓였다

손으로 쓸면 덩어리질 만큼

안 닦으면 더욱 불결해지는 그것은

어떻게든 우리 안에 침투한다

한 시간이 멀다 하고
마음속에 스며드는 공상들
잘 살 것을 염려하고
못 살 것을 근심하면서
지난 잘못을 탓하고
장차 벌어질 실수에 당황한다

무익하고 너저분한 마음의 찌끼들
청소해서 치울 수만 있다면 좋으련만
끊임없이 자라나서
천재의 노력을 방해하기도 하고
범인의 삶을 더욱 평범하게 만든다

한순간이라도
깊은 산골의 청정한 계곡물처럼
그렇게 물 흐르듯이 무념 속에
주어진 시간을 만끽하면서
자유롭게 살 수는 없을까

자연을 노래하듯이

마음속에 재미난 얘기를 그려 가며

하루하루를 화려한 색으로 물들이고

새 소리에 맞춰 몸을 흔들어대면서

뇌세포를 모두 긴장시켜

우주의 한순간을 즐기면서

그렇게 살 수는 없을까

색안경

인생은 어차피

색안경 끼고 보는 것

어느 한 사람도

예외는 없을걸

종교의 안경

정치의 안경

족벌의 안경

문벌의 안경

등등

색안경을 벗는 것은

신천신지로 들어가는 길

그곳에 도달한 사람은

아무도 없을걸

제각기 잘난 멋

잘난 지식 뽐내며

온갖 구색 갖춘

안경 자랑하느라 온종일

무슨 색안경이면 어때

그저 고맙게 생각해야지

지금 살고 있다는 것

그 자체가 고마운걸

안경 색깔 맞추느니

내 마음을 바꾸리라

좋은 모양 고르느니

이것 가지고 잘 쓰리라

나중에 후회하지 않도록

파장

한참 길을 걷다

언뜻 뒤돌아 마주친

그 얼굴

언젠가 본 그 모습

시간 가는 줄 모르고

귀 기울여 엿듣다 생각나는

그 시절 그때

과거의 한 경점

한강 물 파장(波長) 따라

겹치고 반복되는 빛과 그림자

가벼운 바람 스칠 때마다

지겹도록 보이는 그 영상

오늘은 어제의 파장

비록 파고의 높낮이가 다르고

파장의 간격이 차이 나도

또 반복되는 그 영상

지금 나는 어제와 다르건만

결코 결별할 수 없는

존재의 연속

달아나고 싶어도

완전히 자유롭지 못한

내 속의 나

그것은 나의 원죄

끝없는 생의 윤회

백억 년의 연속

혹은 억겁의 인연

진정한 새로움은

어디에?

겨울나기

은행잎 우수수
힘없이 떨어지니
괜스레 울컥한다

탄천의 잉어 떼
입 쩍 벌리고
먹을 것 달라 한다

어느덧 가을인가
생존을 위해 치닫고
힘은 더 비축해야 하는데

비둘기는 인간이 흘린 것을 주워 먹고
들고양이는 밥 주는 엄마를 기다린다

남에게 의존해 살 수밖에 없는가

여전히 자유로운 독립은 불가능한가

제 팔다리 잘라가며 겨울 나는

나무의 홀로서기가 무섭고도 부럽다

미련살이

살아 살아 이제 살아
거친 세상 쓸려 살아
너도 살고 나도 살고
죽지 못해 웃고 살아

미소 눈물 기쁨 슬픔
굴곡 많은 이곳 세상
언제 쉬나 한숨 많아
미련 가득 안고 사네

너도 죽고 나도 죽어
모든 사람 같이 죽어
빈손 와서 빈손 가네
공평 세상 이제 되네

지하철

개미떼가 몰려간다
개미떼가 달려든다
끝없이 분주한 행렬

우리 속으로 쏜살같이 들어오자
사자와 사슴, 개 등으로 돌변한다

사자는 으르렁대며 주위를 위협하고
사슴은 뿔로 사방을 치받고
양은 괴로워서 울부짖으며
개는 다리 사이로 요리조리 피해 다닌다

사자가 갑자기 포효하면 적막이 흐르고
곰이 굼뜬 소리 하면 분위기가 썰렁해지고
여우가 조잘대면 흘김질이 많아진다

무관심과 불신

침묵, 또 굴종의 인내

계속되는 분노와 좌절

새끼들은 엄마 젖가슴에 매달려

사나운 눈망울을 굴리며

늙은것들은 눈치로 기웃거린다

어느덧 문이 열리자

이번에는 들소 떼가 질주한다

마치 목적지가 있다는 듯

어딘가로 쏜살같이 달려나간다

뿔에 받히고

단단한 가죽에 쓸리고

육중한 충격에 나자빠지고

그래도 계속 달린다

생존의 본능으로

땅 위로 간신히 오르면

어떻게 되는가 하면

희한하게도 베짱이로 변한다

그리고

각자의 굴로 들어갈 때는

아예 나무늘보가 되는 놈도 있다

우울한 버스

퇴근길

한적한 정류장

어둠 짙게 내리고

기다리다 반갑게 올라탄

버스 안 가득한 노무자

음산함에 갑자기 소름 돋아

퀭한 얼굴

지친 모습

성난 표정

무상 감정

우중충한 점퍼에

흙먼지 낀 옷소매

초점 없는 눈동자

힘없이 처진 어깨

어, 밝구나 밝다!

대한민국의 미래여, 현실이여

죽음을 향한 내키지 않는 행렬이여

차라리 북적대는

버스 노선이었으면

아기 안은 엄마나 임산부였으면

형장으로 끌려가는 죄수

마지못해 걸어가는 아리랑 고개

저 너머에도 구름 낀 저녁노을

보수와 진보

보수도 좋고
진보도 좋다

보수도 나쁘고
진보도 나쁘다

남 보며 비난하긴 쉬워도
그 복잡한 연관을 어찌 다 알랴
나름대로 다 사정이 있는걸

보수도 없고 진보도 없다
다만 나쁜 것과 좋은 것만 있는걸

난 자유가 좋다

사랑과 화평이 좋다

아름다운 예절이 좋다

보수도 싫고 진보도 싫다

사랑하고 자유로울 수 있다면 그것이 좋다

불쾌감 없고 유쾌감만 있는 것

때론 다 얼싸안고

때론 다 부정하고

보수와 진보가 모두 자유와 사랑을 외칠 때

그것이 난 가장 좋다

역설의 시대

아름다운 외모는 추한 성형

행복한 가정은 억압된 불행

좋은 나라는 비밀로 가려진 권력

밝고 정직한 은행에 돈을 맡기느니

내 마당에 과실수 하나 심느니만 못하고

가족(?) 같은 회사에 몸을 맡기느니

피땀 흘려 일군 내 농토만 못하니

믿으라는 신용카드는 내 돈 긁어가고

맡기라는 국방의무는 청춘시절 갉아먹고

받들라는 종교는 사기꾼들의 피난처이고

평생 언약한 부부는 동상이몽이니

흰 게 검은 것이고 검은 게 흰 것이라

눈 감으면 코 베어가고 친절하면 도적질이라

차라리 못 해도 큰소리 쳐야 이기고

알아도 모른다고 해야 재판에 유리하니

누구를 원망하리 어디에 호소하리

억울하다 한탄 말고 머리 한번 굴려보세

하나에 둘을 더해도 셋이 아니라네

사랑으로 갚아도 원수 될 수 있다네

무법천지

육해공이

모두 우리의 것

하느님이 주신 선물

하늘을 나는 놈

하루에 수천 마리 잡은

명사수도 있었나니

재미 삼아 쏴보자

백곰 가죽은 수천만 원

코끼리 뿔은 수백만 원

샥스핀 한 접시에 수십만 원

부자 한 번 돼보자꾸나

파헤쳐라 깊이

꺼내라 모두

이 세상 보화

귀한 게 더 값나가니

다 긁어모아라

더 빨리

더 높이

더 멀리

그리고

될수록 더 많이

가진 자가 주인이다

매긴 게 값이다

내 것은 내 마음대로

맘에 안 들면 쫓아내

불복종하면 협박해

방해되면 매장시켜

돈 없는 놈 부리고

힘없는 놈 굴리고

빽 없는 놈 이용해

지금은 자유로운 세상

참으로 행복한 시대

사이비

신묘한 도를 전합니다
우주의 원리와 영생의 진리가
여기 모두 담겨 있습니다

고민을 해결해 드립니다
이 세상 학문이나 그 어떤 종교도
풀지 못하는 비밀을
오직 여기서만 알려드립니다

이 정부만 믿으십시오
청년실업과 서민복지 등의 해법을 제시하고
막강한 국방력으로 북괴도당의 야욕을 꺾고
평등한 민주사회를 반드시 이루겠습니다

우리 기업이 행복을 보장합니다
안정된 수입과 건강한 업무환경으로
여러분의 피와 땀으로 일구어낸 성과에
넘치도록 보답하겠습니다

우리 교회는 절대 세습하지 않습니다
제 아들은 교인들의 성원으로 추대되었고
저희는 헌금도 강요하지 않습니다
다만 많이 바치는 자가 큰 복을 받습니다

최상의 제품을 소개합니다
순수한 원재료와 최첨단 기술로
가장 저렴한 가격으로 제공해 드립니다

이것만 참이고 다른 것은 모두 거짓입니다
우리 도, 우리 당, 우리 물건이 최고입니다
저희는 오직 여러분을 위해서만 봉사하고 있습니다

떡국

떡국
명절

떡국
어머니

떡국
보름달

떡국
가끔은 아내

떡국
제사

떡국

그리고 내 나이

비둘기 집

어디
둥지 틀 데 없을까
이 복잡한 도심에서

저기
드넓은 곳 놔두고
콘크리트와 아스팔트 사이에서

하늘을 나는 네 자유가
꼼짝달싹 못 하고
음식찌꺼기에 처박혀

도시에서 살찌움이
숲속에서 배고픔보다
그 얼마나 낫다고

내다 버린 음식에

하이에나처럼 달려드는

초라한 네 몰골에

목메어

깃이 뜯기고

발가락이 잘려나간

문명의 상처에

눈물이 고여

내가 먼저 떠나볼까

자유를 찾아

비천하나 무위를 갈망하며

용기를 내볼까

우리의 해방을 위해

자연의 우월함을 주장하며

저 미래로

먼 나라로

자연이 손짓하는 곳으로

아침 새 소리

해가 벌써 눈 부셔

잘 잤니? 지지배지지배

밤새 무사해서 다행이야

어디 다친 데 없어? 호록호록

어제 솔개 때문에 하루 종일 힘들었어

난 어둠 속에서 땅벌레 잡았어, 꾸루꾸루

낮보다 수확이 훨씬 좋아

저기 사람이 지나간다, 삐리릭삐리릭

사나워 보이지 않아

먹을 것 좀 흘리고 가지 않을까?

높은 데 앉으니 지평선이 잘 보여, 훠루루훠루루
전망이 좋으니 천적도 눈에 잘 띌 거야

저 귀여운 애들은 뭐야? 까악까악
어디 아침 사냥 좀 해볼까?

엄마 밥 줘, 짹짹
먹어야 빨리 날 수 있단 말이야

부지런히 구멍을 파야지, 따다닥따다닥
벌레도 잡고 몸도 피해야지

부릉부릉 위이잉, 아이 시끄러!
벌써 바람청소기로 낙엽을 모으네
주워 먹을 것도 없겠다
딴 데 가서 놀아야지

공세리

언덕 위

성당이 아름다운

공세리 마을

백 년 고당에

삼백 년 거목

사람보다는

자연이 터줏대감

돈 되는 카페에

돈 안 되는 관광지

그리고

곳곳에 폐가

간판 화려한 음식점

쉰 녹두부침개에

인심 한 번 잃었네

그래도

성당 하나 아리따운

공세리 언덕길

단순한 인생

한 줌의 책
한 보따리 옷가지
서너 켤레의 신발

오십 평생 집 외에 별로 가진 게 없는
노후를 위해 개미처럼 한 푼 두 푼 모아가는
소박한 인생

그나마 넉넉한 건 지식과 시간뿐
아는 게 힘이고
시간이 돈이라
부유하고 넉넉한 인생

해를 입히거나

큰 손해 당하지 않아

운 좋은 인생

어릴 적 큰 꿈 세월에 잦아들어

플라톤이 에픽테토스로 변해

이상주의에서 현실을 견디는 지혜로 변해

공자는 노자가 되고

헤겔은 니체가 되어

자연 속에 자연인으로

자유주의적 자본주의는 사회적 마르크스주의로

국가적 민족주의자는 세계적 코즈모폴리턴이 되어

나만의 새로운 꿈과 자유를 만끽해

행복한 인생

평범한 한 남자의

정말 단순한 발자취

어느 늙은이의 변명

아테네의 아고라에
한 노인이 붙들려 와서 하는 말,
이 늙은것이 무슨 큰 잘못이 있다고

젊은 시민들의 외침,
신성 모독죄에 식량만 축내는 인간쓰레기

신이 없는 건 당연하고 나이 든 것도 내 잘못은 아닌데,
단지 오래 살아 깨달은 얘기했을 뿐인데

종교 없이 사람이 살 수 있나요,
윤리 없이 질서가 잡히나요?
늙었다고 모든 것이 허용되나요?

종교는 약자의 피난처일 뿐

윤리나 도덕은 권력자의 도구일 뿐

사람이 만들어 낸 것을 사람이 악용할 뿐

용맹스러워 보이는 젊은이가 하는 말,

우리는 전쟁터에서 피 흘리고 죽어가는데

저 노인은 생산적인 일은 하나도 못하고 입만 살았네

그 입은 연륜과 지혜의 말이요

천 개의 칼보다 더 큰 효과를 볼 수 있으니

부디 가볍게 여기지 마시기를

늙은이의 교활한 지혜는 절망만 안겨주지요

인간은 위대한 신의 아들이 아니라 단지 진화한 생물일 뿐이고

그리스의 찬란한 문명도 우주의 티끌에 불과하다니요?

나이를 먹을수록 세상은 작아 보이는 법

눈앞의 영화도 내일은 한 줌의 재가 될 것을

미련과 집착은 고통만 가중시킬 뿐이라네

저것 좀 보세요!

이 노인은 삶에 전혀 도움이 안 되고 오직 죽음을 기다리는 존재

새로 태어나는 아이들의 의욕만 꺾어버리는군요

드높은 희망과 새로운 도전의 가치를 묵살한 채

이제껏 살면서 겨우 깨달은 것 하나 있으니

인생은 무서우리만큼 무의미하다는 것

어린 사람이 감당하기에는 너무나도 버거운 진실이지

이것 좀 보세요!

열심히 살아가는 모든 사람의 기를 꺾는 저 말투를

도대체 인생의 의미란 뭔가요?

의미가 없다는 것이 살아 있는 존재의 비밀

단지 생존을 위한 전략과 혈투만 있을 뿐

현란한 언어문화는 이를 가리기 위한 애틋한 노력일 뿐

어째서 일은 우리의 몫이고 저 독사는 혀만 저리 놀려대는지

병들고 힘없는 이 사람을 언제까지 책임져야 하는지

밑 빠진 독에 물 붓는 게 차라리 그보다 나으련만

죽음은 자연의 섭리요 삶도 나의 선택이 아닐진대

모든 걸 자연에 맡기되 인위적인 결정은 죄악만 더할 뿐

난 삶도 원망치 않고 죽음도 더 이상 두렵지 않아

그때 정치 원로들이 중재하며 나서기를,

저 노인의 말은 하찮은 개인소견으로 접어두고 우리 일에나 신경

쓰세

세상일 처리하기에도 골치 아프고 시간이 모자랄 지경이니

그렇게 시민법정은 해산되었으나

삶의 중요한 문제는 아직도 미궁 속이라네

죽음과 입 맞출 때

희미한 몽상, 강렬한 직감, 그리고 뚜렷한 암시

한없이 나약해지다 지쳐버린 순간

갑자기 들이닥친 충격, 영원히 지울 수 없는 카이로스

죽음,

환희와 더불어 희망을 품은 채 공생하는

무섭다기보다 순간적인 공포와 절망

무참히 시들어 가는 나의 뼈마디

그것은 이별,

정을 느껴온 살갑던 대상들로부터 헤어짐

눈물조차 마르지 못할 안타까움

또다시 만날 수 없으리라는 두려운 악령의 속삭임

그것은 미움,

헛된 욕망의 표징

용서란 의미를 깨닫지 못한 채 흙이 되지는 않겠다는 몸부림

부모, 누나와 동생, 처자식을 배반했다는 수치심

그것은 억울함,

혐오할 애착, 명예를 추구하는 자만심, 건전치 못한 자존심

무엇에든 낙오자가 되었다는 후회

그럼에도 불구하고 다시 태어날 수 없다는 허무함

결국 절망의 구렁텅이에 갇힌 채

한 인격, 한 소유, 한 존재뿐인

그러다 결국 한 줌의 흙으로 돌아갈

또 그 뒤에 살아남을지 모를 영혼의 끝없는 몸부림

그때 비로소 떠오르는 단어

삶!

죽음과 공존하는

그때만 비로소 가치를 아는 것

빈손으로 가는 길

빈 몸으로 세상에 나왔다

신기한 것들을 많이 보았고

감당하기에도 벅찬 지식들을 수집했다

내버리기에는 너무 고상한 것이라서

머릿속 깊은 곳에 간직해 두었다

그러다 오래 두기 힘들어 글로 대충 적어서 내버렸다

내 마음에 불을 댕긴 여인들을

가슴 깊이 사랑했다

뜨거움과 포근함을 동시에 느끼게 해준

나의 동정녀, 나의 마리아

세월이 흘러 열정의 한 줌의 재만 남긴 후에는

영원히 늙지 않는 천사를 동경하게 되었다

땀과 시간이 가져다준 약간의 재물

사랑의 결실로 나은 아이 하나 남기고

이제 나는 다시 빈손으로 돌아간다

연륜의 지혜가 내 앞길을 동행할 건지

그건 알 수 없지만

자연으로 돌아가오

나 자연에서 나와 자연으로 돌아가니 너무 슬퍼하거나 서러워 마오
엄마 뱃속에서 나서 땅속으로 떨어지는 아쉬움 남지만 거기가 거기라오

세상의 온갖 새롭고 재미난 것 맛보았으니 힘들고 억울한 일도 그만한 대가 아니겠소
후회 없는 사랑해 보았으니 미움 좀 받은 것이 뭐 그리 대수겠소

그리운 살붙이 남기고 가는 것이 눈물겹지만 이 세상에 영원한 동행은 없으니
저세상에서 다시 만날 기대감으로 위안 삼는 것이 현명치 않을런지

아, 그래도 사랑하는 임과의 작별은 너무 아쉬워
눈물 실컷 쏟아내고 콧물 한번 훔친 후에 크게 한숨 쉬고 가려 하오

늙은 것도 서럽지만 병든 것은 더 고통이라오

다시 젊어질 수 없을진대 나의 괴로움을 이제 그만 잠재워 주오

한 이삼일만 기억하고 한 달 뒤에 한 번 더 생각해 주오

일 년에 하루쯤 생각하다 오 년 뒤에는 아주 잊어도 난 괜찮소

누군가 날 회상하며 한 번만 빙그레 웃어준다면 그 이상 행복이

없을 거요

구름 뒤에 숨어서 강물 속에 떠다니며 임을 한 번 더 볼 수만 있다면

미래의 꿈

봄은 와야 돼

누가

봄날은 간다고 말했던가

봄은

와야지 가면 안 되는데

고통과 절망 뒤에는

희망이 와야 하는데

봄은

가면 안 돼 다시 와야 돼

너마저 가버리면 사는 게 의미가 없지

다시 올 봄날이 있기에

살에는 듯한 추위도 견딜 수 있지

새싹이 돋고 새눈이 나지 않으면

풀과 나무는 더 이상 소생하지 못해

봄은 와야 돼

절대로 가면 안 돼

나의 꿈과 희망을 신고

반드시 다시 와야만 해

여름 가을 겨울 그리고 봄

쑥쑥

솟아라, 자라거라

'라(Ra)'의 은총이 온 세상을 덮고

아폴론이 질주하니

만물이 덩달아 경주한다

기지개를 펴고

마음껏 달려라

땅의 기운과 육체의 생기가

한데 어우러져 뒹굴고

바알이 정사를 벌이니

대지가 젖는다

낳아라, 번성하라
네 영역을 넓혀가라

벌판이 파랗게 물들고
숲이 우거지며
물이 넘쳐난다

디오니시우스가 술잔치를 벌이고
오르페우스가 노래로 흥을 돋우며
풍요로움을 마음껏 즐긴다

그때
인생은 잠시 쉼을 얻고
고뇌의 글을 적는다

'예술은 길고 인생은 짧다.
인간은 생각하는 갈대다.'

지식이 축적하니 근심도 늘어간다

아는 게 힘이었는데

모르는 게 이득인 걸 깨달았다

그러자 겨울의 여왕이 서서히 강림하고

태양의 지배자는 이제 한발 물러선다

어깨가 움츠러들고 죽음의 공포가 다가온다

삶을 망가뜨리는 타나토스의 권세가 막강하다

숨을 죽이고 의미를 모색한다

사는 게 다 뭔가, 결국 죽고 마는 것을

하지만

희망을 가져라

아직 끝은 아니다

여왕의 힘은 오래 가지 못한다

영원한 것은 아무것도 없다

모두 변해갈 뿐

새로 난 세포가 죽은 자리를 대신하고
나무의 눈에서 싹이 돋을 것이다

마지막 순간이 찾아오기까지는
끝이 정말 끝이 되기까지는
살아 있는 모든 것을 즐겨라

산 개가 죽은 사자보다 낫고
실존이 허무를 조롱할 테니

* 라(Ra) - 이집트 태양의 신

봄 같은 마음

따스한 봄기운이 불어오자
마음에도 봄이 왔다

기나긴 겨울 지루한 기다림 보내고
희망의 종소리 울리는 것을 들었다

이룰 듯 이루지 못할 듯
옥죄던 마음 실타래 풀어지고
새하얀 매화꽃 피어나자
얼었던 발도 스르르 녹아내렸다

죽은 듯한 나무에 새순 돋듯
좌절한 심장에 희망 솟구치고
분홍빛 복사꽃이 숫처녀의 춤을 추자
움츠렸던 어깨 펴지고 힘이 불끈 솟았다

봄바람이 서서히 겨울을 쫓아내듯
내 마음의 불행도 깨끗이 몰아냈다

진달래와 개나리가 다시 산을 덮을 때
벌써 꿈을 좇아 머나먼 미래로 달려간다

눈보라와 설빙이 푸른 잔디와 봄비로 바뀌고
폭염과 장마가 다시 오기 전에는
봄과 같은 이내 마음 한없이 즐겁다

아침의 커피와 바다

안목 해변 어느 커피숍에서
파가니니의 바이올린 협주곡을 들으며
잔잔히 파도치는 바다를 감상한다

갈매기가 줄지어 늘어서서
아침 햇살을 즐기는 모래밭을
파도가 슬슬 간지럼 태운다

저 멀리 고요한 유람선과 고깃배
수평선을 둥글게 감싼 구름들
일찍이 떠오른 태양의 행로를 지우고
밤새 격렬하던 파고는 어느덧 잦아든다

부지런한 청소부가 휴지 줍던 해변 길은

더 부지런한 연인들이 진한 발자국을 남겨두었고

그 옆에 나란히 짐승의 발톱 자국도 선명한데

갈매기의 자국은 어디로 갔나

바이올린의 선율에 취하고

바다 향내와 파도 풍경에 반해

커피 향은 이미 사라진 지 오래고

시끄러운 매장 음악도 소음일 뿐

내 마음은 저절로 그리운 님에게로

야속한 시간

봄이 오네
겨울이 더디 가네

기다리면 오네
굼벵이 기어가듯

무심한 세월
냉혹한 운명이여
가고 다시 안 오는
기다려도 오지 않는

후회한들 어찌하리
원망해도 소용없어
차라리
세월을 먹고살 것을

가을이 가네

겨울이 빨리 오네

기다리지 않아도 오네

작정하고 찾아와

얼굴 한 번 후려치네

정신 번쩍 들라고

예수의 꿈

세상의 억울한 일
무엇으로 이길까
돈과 권력은 부자의 편
사랑의 힘으로 이길까

이기심의 생존원리
어떻게 이길까
나 먼저 살고자 하는데
어떻게 남을 살리나

남이 무엇을 해주면 좋을까
공감 능력으로
내가 먼저 남에게 해주면
악을 이길 수 있지 않은가

풀뿌리 민중이 아니라면

불의를 어찌 통감하리

천국이 저들 가운데 있으니

가난한 자가 웃는 세상

진실이 통하는 세상

정의가 이기는 세상

힘이 없는데

어떻게 싸울까

폭력은 파괴를 부르니

무저항으로 저항하세

민중의 함성으로 대항하세

미래가 어두운데

무엇으로 살아야 하나

밥만 먹고 살 것이 아니니

날마다 희망을 씹어 삼키세

피로써 호소하니

이 믿음을 공유하세

나 홀로 먼저 가니

각자 제 십자가 지고

이 길을 걸어가세

돈키호테의 꿈

기사도의 맹세 하나로

칼 한 자루 손에 쥐고

험한 세상 속으로 나아가니

불의를 평정하고 정의를 실현하여

마법에 홀린 불쌍한 자들을 풀어주고

마땅한 명예를 각자에게 되돌려 줄 것이니

하늘이 증인이시고 세상이 주목하도다

불가능에 도전하고 무적에 대항하며

고통을 감내하고 이상을 위해 싸우는

기발한 기사, 라 만차의 돈키호테

오로지 앞만 보고 주먹 불끈 쥐고 달려간다

이 몸이 천 갈래 만 갈래 찢어지더라도

헛된 꿈 무모한 짓이라고 놀림받더라도

사내대장부 나선 길에 후회는 없으리

세상에서 가장 아름다운 둘시네아

그대를 향한 사랑이 어떻게 변할 수 있으랴

한시도 그대 잊을 수 없고 맹세는 영원하리

마귀의 술법은 교묘해서 진실을 왜곡하고

약자의 행복을 가로막고 강자를 더 강하게 만들어

힘없고 돈 없으면 억울함 호소할 데 없으니

이 작은 몸이라도 이들을 위한 의지처 되리

계란으로 바위 쳐도 낙숫물이 돌을 갈 듯

불가능에 도전하여 거인을 무너뜨리듯

힘들고 고된 일이 기사가 할 일이니

오직 사랑과 명예를 위해 이 몸 바치리

늙은 로시난테에 의젓이 올라탄 방랑기사

비바람 맞으며 노숙하고 궁핍해도

공주의 사랑과 백성의 후원으로

힘내어 다시 일어나 굳건히 맞서리

혼탁하고 악한 세상

이상세계 만들려고 나선 의지

바보 같고 미련해도 꿈 버리지 않고

기사처럼 살리라, 사람답게 살리라

산초 판사의 꿈

당나귀 의지하여
꿈 따라 떠난다네
잘 먹고 잘 살기 위해
잠시 고초 접어두고

못 말리는 기사 돈키호테
터무니없는 이상주의자
하지만 진실과 정의의 숭배자
그 유혹 못 이겨 따라가네

둘시네아 공주 아름답다지만
내 눈에는 시골 추녀
마법의 성 있다지만
아낙네 시끄러운 마을 여관

주인님은 몽상가

나는 현실주의자

꿈 먹고 살 수 있다지만

내 배는 만족스럽지 않아

성 한 채, 아니 오 층 건물 하나만 있어도

아내와 딸자식 거느리고 만족할 것을

불의에 대항하고 나라 위해 몸 바칠 수 없어도

일용할 양식 주신 하느님께 늘 감사할 것을

오늘은 어떤 음모, 무슨 적과 싸울까?

정신 나간 기사 따라가다 보면

배부르진 못해도 대접은 받겠지

때로는 망신당해도 측은히 여기겠지

힘과 권세 없어도 정신만은 살아 있어

놀림당해도 억울하고 약한 자 도울 줄 알아

오해받고 고통스러워도 보람은 있어

좋은 나무에 붙어 그늘 덕을 볼 수만 있다면

이 세상 왜 이리 복잡한지
돈키호테가 쳐부술 적이 너무도 많아
한뎃잠 자면서 고난 감수한다지만
내 성은 언제 짓고 부자 사위 언제 보나

꿈이 너무 과했나, 주인 잘못 만났나
배곯기 여러 날, 몰매 벌써 수차례
미친 이상 좇아가다 이내 신세 망치겠네
내 배부른 세상 그곳이 바로 천국인 것을

행복의 비결

삶을 재충전하자
전원에 연결된 컴퓨터같이

마음을 정리하고 새로운 기쁨으로 채우자
폴더 정리하듯

괴로운 기억 내버리고 아름다운 추억 간직하자
휴지통에 파일 버리듯

간혹 슬프고 울적한 생각이 떠오를지도 모른다
휴지통의 파일 복구하듯

아예 걱정과 집착을 내던져버리자
휴지통을 깨끗이 비우듯

늘 생명 줄기에 잇대어 활력 있게 살아가자

재부팅하여 새로 돌아가는 디스크같이

마음이 실체로 존재할진대

창작 수정 지우기 복구가 가능하겠지

그렇지 않고 환상에 불과하다면

더더욱 근심과 고통을 끌어안고 살 필요는 없겠지

지식의 유희

약수터 길 따라

산 오르는 길목에

고요히 누워 있는 마을 도서관에

매주 한 차례

아니, 더 자주 가고 싶은 욕심에

마음을 겨우 추스르다가 들어가 보면

그때마다 시야에 들어와

마음을 두근거리게 하는 양서들

도스토예프스키의 카라마조프

기든스의 성의 정치학

아퀴나스의 신학대전

니체의 차라투스트라

클림트의 키스

바흐의 브란덴부르크

모두 한데 어우러져

마음을 마구 충동질하고

예술은 길고 인생은 짧고 덧없음을

매 순간 일깨워 주고

창작의 열정을 불러일으킨다

폐쇄된 공간에서 책 속에 묻혀

잠시 딴 세상을 떠돌다가

그 책 움켜쥐고 약수터 길로 나아가

물 한 모금 마시고 새 소리 들으며

다시 한번 펴보다

집에 돌아와 침대에 누워

공상에 젖다 보면

인생은 여전히 즐겁고

아름답다는 생각에

빙그레 미소 짓는다

역사적인 날

마르스와 비너스

그리고 초승달이 만나던 날

경제는 여전히 어렵고

정치는 노상 혼돈인데

쌍성반월(雙星半月) 서쪽에 모여

새로운 역사의 장이 열리는 순간

홀로 산길 더듬어 잠자리를 찾아가는데

우주와 나는 하나이나 그 거리는 수억 광년

세상에는 속했으나 나와 무관한 역사적 사건들

두 개의 행성과 하나의 위성이 나란히 보이던 날

나는 지친 몸 이끌고 퇴근길을 걸었다네

기독교여 이제 그만

가라

이제 그만

썩어빠진 사상과 가식

영성보다 물질로 배부른 교회

따르라

예수의 혁명 정신

정의와 비폭력과 사랑

버려라

종교적 위선과 교조주의

장식용 십자가와 맘모니즘

이기주의에 희생당한 교인의 눈물

독선에 무시당한 민중의 한

이들의 피눈물로 호소하노니

이제 그만 가라

늑대의 탈을 쓴 교회

예수의 이름을 부끄럽게 한 기독교

우민의 피와 살점 뜯어먹기

언제까지 이어갈 건가

거짓과 착취의 접신 노릇

신의 탈을 쓴 인간의 욕망

무지를 전지로 바꾸는 오만

이제는 그만

지겹지도 않은가

부끄러움을 모르는가

다 내려놓고 지금 떠나라

밀알이 죽어야 새싹이 나듯

신의 역사

추위와 배고픔

공포를 견디지 못해

신을 만들었거니

인간의 욕망을 위해

영매(靈媒)자들이 꾸며

완전한 신이 되게 하였거니

전쟁을 일으키고

인간을 노예 삼아

폭군으로 변했거니

개화된 세상에도

여전히 살아남아

인간을 조정하거니

이제 우리의 신은

억울한 자의 편이 되지 못하고

권력자와 손을 잡았나니

원통하도다!

홀로 서지 못해

제 꾀에 제가 넘어갔나니

혁명의 시대

일어나라,

뒤집어라,

새 시대가 열린다!

썩어 문드러진 정부는 물러가고

사리사욕의 지도자는 내려오고

법 위에 군림하던 부자는 대가를 치르라

혁명가의 분노가 치솟고

민주의 함성이 강산을 뒤덮어

천하가 어지럽고 민심이 어수선하다

그런데 어찌 된 일인가?

분노의 봉기는 무모한 희생을 자초하고

의로운 저항은 여우의 음모에 희생되고

우매한 군중은 술수에 휘말리더라

혁신의 예봉이 쉽사리 꺾이고

개혁의 칼날이 무디어지자

권력의 숙청이 휩쓸고 가더라

순수한 기상의 혁명은

기망에 쓰러지고

재력에 헛되이 멈추더라

역사의 되풀이,

망각의 반복,

성급한 안착

끈기 있는 용기와

치밀한 전략이 모자라

거짓의 소용돌이에서

헤어나지 못하더라

아, 원통하다!

변화를 그토록 갈구했건만

왜 그리 속절없이 끊기는가

민중이여, 간단없이 궐기하라!

진실을 온 세상에 알려라!

거짓이 더 자주 드러나도록

현실은 괴롭고

꿈은 행복하다

고난은 오래 가고

성취는 순간이다

그래도

지금은 혁명의 시대다

동화작가

오늘도 꿈꾼다
우리의 동화작가

내일은 더 나아진다고
오늘의 고난이 약이라고
착한 사람 되라고
예쁜 마음 지니라고

피노키오의 거짓말은 코를 늘이고
새투성이 아가씨는 신데렐라가 되니
악은 필멸하고 선이 승리한다고

빨간 모자 소녀는 늑대의 뱃속에서 살아나고
헨젤과 그레텔은 마귀의 소굴에서 벗어나니
불쌍한 약자들이 기사회생한다고

그런데

진실과 환상

어느 것이 더 유익할까

인어공주는 물거품으로 산화되고

성냥팔이 소녀는 얼어 죽고

빨간 구두 아가씨는 자살했는데

어린아이의 눈을 가린들

사실이 숨겨질까

가장 솔직한 아이들에게

돈 많은 부자는 법을 어겨도 잘 살고

월급쟁이는 갑질의 횡포에서 못 벗어나고

착하게 살려면 손해 볼 게 뻔한데

우리의 바른 동화작가

거짓말하는 순진한 어른

아이들 마음에 때가 안 묻기를 바라네

더러운 세상에서 곱게 자라기를

정의가 승리한다고 믿기를

그리고

내일은 희망이라고 말할 수 있기를

제발 그러기만을

강촌별곡

아침 안개
밤새 희롱한 듯
수면을 어루만지고

어느덧
장막 걷히니
산언덕 정자 고고히 드러나

나룻배 하나
작은 섬들 사이로
미끄러져 나아갈 때
청둥오리 한 쌍 날아오르고

강촌 여관 누렁이

짝을 그리듯

먼 산 올려다볼 때

농가 수탉이

암탉 향해 호령하니

수컷들이 모두 부러워하고

부지런히 마실 나선

시골 총각 황홀한 듯

아침 공기 들이켜다

동네 우물가로 시선을 흘린다

꿈의 집

황금물결 넘실대는

널따란 논 바라보며

마음조차 풍요로운

빨간 벽돌집 그리네

언덕 위 하얀 집은 아니지만

꿈에 그리던 시골집

뚝방 너머 큰 개울 시원스런

작은 터 아담한 집

곡교천에 낚싯줄 드리우고

훤한 둑길에 자전거 달리며

시원한 가로수에 차 한 잔 마시고

논두렁 밭두렁 두루 볼 수 있는

봄에 매화 살구 꽃

가을에 은행 밤 열매

담장 둘러 블루베리 있고

마당 가운데 지하수 솟는

참외 수박 따 먹고

가지 고추 반찬 만들어

나물 심어 비벼 먹고

청량수로 목축이는

사랑하는 임이 있어

가슴 깊이 행복하고

맑은 공기 가득하여

별 무리 맘껏 감상하는

손에 잡힐 듯 말 듯

보일 듯 꺼질 듯하나

삽질하여 터 잡고

기둥 심어 만들어 갈

꿈의 집, 나의 집

하늘로 가는 열차

나 어릴 적

저 높고 푸른 하늘 보며

마음이 광속으로 달렸을 때

가슴은 설렘으로 벅차오르고

머리는 초인적인 활동을 할 때

천 가지 아름다운 새소리에 매료되고

수백만 개미떼의 행진을 따라가 보고

청룡열차의 공중회전에 정신이 혼미해지고

구름 속 비행기에서 눈부신 태양을 보았을 때

책 속에서 진리 찾아 탐험하고

과학 동산에서 화학실험을 하며

글라이더 만들어 하늘로 날리고

가능한 한 멀리, 높이 날기를 소원했을 때

하늘 문 열리고 열차 나타나

그 안에 오르기를 간절히 바라고

겨우 첫 칸에 들어가 신학을 논하고

둘째 칸에 옮겨 과학을 천착하고

셋째 칸에서 인생의 의미를 돌아보며

문학을 다듬어 나갈 때

꿈을 실은 열차 계속 달리고

목적지를 찾아 이리저리 헤매며

하늘에 끝이 없고 우주에 한이 없어

고향 땅으로 다시 내려오고자 갈망할 때

나는 보았네

꿈과 희망 그리고 좌절과 절망을

쳇바퀴처럼 돌고 돌아 서서히 앞으로

진화의 지루한 여정을 이어가는 것을

자연의 화려하고 웅장한 조화로움 속에

무시무시한 격변과 혼돈이 공존하는

근거 없는 우주의 소용돌이를

다시 어린아이 되어

꿈과 노래의 즐거운 선율 따라

마음껏 웃고 떠들며 정신없이 취하고

때로는 바보처럼 때로는 천재 시늉하며

살아도 살아도 어차피 하나의 삶인 것을

하늘 열차에 올라

이 세상 멋지게 유람하며

이 칸이든 저 칸이든 신나게 떠돌며

여기서나 저기서나 즐겁게 질주하며

놀다 가는 것이 가장 좋은 것을

별이 된 돌 이야기

별이 자기만의 생동하는 빛으로 콘서트를 한다

눈이 마주쳐 불꽃이 튄다

돌은 자기를 보고 있다 생각하며 환호하는 관객이 된다

손을 내민다

돌은 기뻐 뛰며 그 손을 잡지만 자신이 잡은 거라고는 생각지 않

는다

별과 사랑할 수 있다고 생각하는 관객은 없다

키스를 한다

온몸이 그 빛에 타버릴 것처럼 전율하지만

별의 장난에 말려들고 싶지는 않다

별이 운다

땅 아주 가까이 닿아 거의 희미해진 빛으로 고통스러워하며

하늘로 날아 보자고 한다

난 못해, 난 날 수 없어, 죽을 것 같아, 땅이 편해……

하지만 난 이미 발꿈치를 높이 들고 손을 뻗고 있다

더 이상 나의 별이 울고 있는 것을 가만히 볼 수 없다

아, 얼마나 날고 싶던 하늘인가!

나의 별과 함께 비상한다

드디어 나의 별이 제 빛을 찾았고

그의 친구들이 머무는 미러클에 나를 데려다주었다

친구들이 반긴다

나를 에워싸며 나의 별과 함께 나를 돕는다

이 녀석 드디어 해냈군!

그제야 나의 별이

나만을 위한 콘서트를 하고 있다는 것을 알았다

돌이 된 나를 위해 오랫동안 슬퍼하고 있었다는 이야기를

친구들이 말해주어 알게 되었다

내가 별이었다는 믿기지 않은 전설도 알게 되었다

하늘에서 날면서 행복했다

그런데 나의 별과 친구들에게 폐를 끼치고 있다는 걱정을 버릴 수

가 없었다

그들의 도움으로 하늘을 날 수는 있지만 아직 빛나지 않았기 때문에

나는 그들과 달랐다

나의 두 다리가 땅을 그리워했고

힘껏 내디디며 내 힘으로 살던 시절이 그리웠다

별이 잠든 사이 내 심장에 별을 박고 떨어지면

별 덕분에 추락하여 죽지는 않는다는 사실을 알게 되었다

그리고 별이 땅에 닿으면 돌이 된다는 것도 알았다

하지만 나의 별을 돌로 만들 수는 없다

나의 별이 내 곁에서 항상 자기 목숨처럼 내 손을 놓지 않는다

어느 날 내 표면을 갈아내고 닦으면
내 별이 주는 빛을 반사할 수 있다고 생각했다
친구들은 이제 날 수 있는 것도 도와주지 않고
돌인 나를 비웃었다

어리석은 별에 어리석은 돌이라니 똑같군!
나의 별만이 나를 이해해 주었고, 말없이 지켜주었다
난 내 표면을 깎아버려야 하는 고통을 간신히 이겨냈고
결국은 작지만 별이 되었다
나의 별 곁에서 그가 주는 대로 빛을 반사하고 있다

작은 별 아가씨는 지금도 하늘에서 빛난다
돌이 별 된 이야기는 땅에 전해지지 않았다

하늘의 미러클 동네는 이 아름다운 사랑 이야기를 모르는 별이 없다

그래서

그의 친구들도 더 밝은 빛으로 콘서트를 하게 되었다

자기 돌을 찾고야 말겠다고

그래서

작은 별을 갖게 된 나의 별은 가장 행복한 별이 되었다

별이 된

• 돌 이야기

초판 1쇄 발행 2022. 4. 8.

지은이 남병훈
펴낸이 김병호
펴낸곳 바른북스

편집진행 임윤영
디자인 양헌경

등록 2019년 4월 3일 제2019-000040호
주소 서울시 성동구 연무장5길 9-16, 301호 (성수동2가, 블루스톤타워)
대표전화 070-7857-9719 | **경영지원** 02-3409-9719 | **팩스** 070-7610-9820

•바른북스는 여러분의 다양한 아이디어와 원고 투고를 설레는 마음으로 기다리고 있습니다.

이메일 barunbooks21@naver.com | **원고투고** barunbooks21@naver.com
홈페이지 www.barunbooks.com | **공식 블로그** blog.naver.com/barunbooks7
공식 포스트 post.naver.com/barunbooks7 | **페이스북** facebook.com/barunbooks7

ⓒ 남병훈, 2022
ISBN 979-11-6545-684-9 03810

•파본이나 잘못된 책은 구입하신 곳에서 교환해드립니다.
•이 책은 저작권법에 따라 보호를 받는 저작물이므로 무단전재 및 복제를 금지하며,
 이 책 내용의 전부 및 일부를 이용하려면 반드시 저작권자와 도서출판 바른북스의 서면동의를 받아야 합니다.